20 Juin 1906

VENTE
Du Mercredi 20 Juin 1906
HOTEL DROUOT, SALLE N° 7
à 2 heures 1/2

OBJETS D'ART

ET DE

HAUTE CURIOSITÉ

DU

MOYEN AGE ET DE LA RENAISSANCE

COMMISSAIRE - PRISEUR
M° PAUL CHEVALLIER
10, rue Grange-Batelière

EXPERT
M. HENRI LEMAN
37, rue Laffitte

CATALOGUE

DES

OBJETS D'ART

ET DE

Haute curiosité

DU MOYEN AGE ET DE LA RENAISSANCE

Faïences Italiennes et Hispano-Mauresques

ÉMAUX CHAMPLEVÉS ET PEINTS, DE LIMOGES

Orfèvrerie — Bronzes

SCULPTURES EN PIERRE, BOIS ET IVOIRE

Meuble et Sièges

Fauteuils Louis XV, couverts en ancienne tapisserie

DONT LA VENTE AURA LIEU

HOTEL DROUOT, SALLE N° 7

LE MERCREDI 20 JUIN 1906

A DEUX HEURES ET DEMIE

COMMISSAIRE-PRISEUR	EXPERT
Mᵉ PAUL CHEVALLIER	**M. HENRI LEMAN**
10, rue Grange-Batelière	37, rue Laffitte

EXPOSITION PUBLIQUE

**Le Mercredi 20 Juin 1906, jour de la vente,
de 1 heure à 2 heures 1/2.**

CONDITIONS DE LA VENTE

Elle sera faite au comptant.

Les adjudicataires paieront *dix pour cent* en sus des enchères.

L'exposition mettant le public à même de se rendre compte de l'état et de la nature des objets, il ne sera admis aucune réclamation une fois l'adjudication prononcée.

Paris. — Imprimerie de l'Art, E. Moreau et Cie, 41, rue de la Victoire.

DÉSIGNATION

FAIENCES

1 — Plat en ancienne faïence italienne, à décor d'ornements géométriques.

2 — Plat rond en terre vernissée, décoré de palmettes et d'ornements en relief.

3 — Coupe godronnée, sur pied bas, en ancienne faïence italienne, décorée au centre d'un médaillon offrant un amour courant vers la droite. Bordure de rinceaux et de palmettes.

4 — Plat creux : au fond, un buste barbu de profil à gauche. Bordures de palmettes et de rinceaux réservés en blanc sur fond marron.

5 — Plat creux en ancienne faïence italienne, décoré au centre d'une figure de guerrier casqué et armé d'un bouclier passant vers la gauche. Pesaro.

6 — Encrier en ancienne faïence d'Urbino, de forme octogonale, à deux étages, et muni de deux tiroirs.

7 — Encrier en ancienne faïence italienne, formé par un groupe de saint Georges terrassant le dragon, disposé sur une base en forme d'écusson.

8 — Plat à ombilic saillant en ancienne faïence hispano-mauresque, à décor de feuillages et ornements en bleu et jaune à reflets métalliques.

IVOIRES

9 — Statuette de Saint Bruno, debout, drapé dans une ample robe et tenant un livre de la main gauche. xviie siècle.

10 — Grain de chapelet en ivoire, composé de deux têtes adossées ; d'un côté une tête de mort, de l'autre une tête de sainte femme.

11 — Groupe représentant deux enfants nus assis sur un tertre. xviie siècle.

12 — Saint Sébastien, debout et nu, attaché contre un arbre. Socle en bois doré. xviie siècle.

13 — Deux supports-appliques formés de cariatides de femmes drapées soutenant un entablement en forme de tête de lion. xviie siècle.

14 — Petit diptyque en ivoire. Le volet de droite représente la crucifixion ; le volet de gauche, l'Adoration des Mages. A la partie supérieure, arcatures gothiques. xive siècle.

15 — Boite cylindrique en ivoire uni, munie d'une monture et d'une serrure à moraillon en cuivre doré. Ancien travail oriental.

ORFÈVRERIE, CUIVRES

16 — Custode en cuivre doré, à couvercle conique surmonté d'une croix. xve siècle.

17 — Porte-cierge en bronze. Le pied est formé de basilics et d'entrelacs. xiiie siècle.

18 — Ecce Homo. Figurine d'applique en cuivre jaune. xvie siècle.

19 — Figurine-applique de saint personnage en cuivre repoussé et argenté. xve siècle.

20 — Plat rond en cuivre repoussé, présentant au fond, au milieu d'une double bordure d'inscriptions et de rinceaux, Adam et Eve de chaque côté de l'arbre.

21 — Nœud de croix en cuivre repoussé, orné de huit médaillons en émail peint de Limoges, représentant des Apôtres. xvie siècle.

22 — Encensoir en bronze fondu et ajouré. xve siècle.

23 — Croix, composée d'une plaque d'argent repoussé, ornée de filigranes et de cabochons. Au

revers, plaque de cuivre doré, gravée d'ornements et d'une longue inscription en caractères
gothiques.

24 — Crosse en bronze doré. La volute est ornée
de feuilles d'acanthe et se termine par une figurine de sainte femme en prières, vue à mi-corps.
XVIIᵉ siècle.

25 — Crosse en cuivre repoussé et gravé.

26 — Croix en bronze doré et gravé. Sur la face est
un Christ en bronze doré, vêtu d'un jupon court.
Le revers de la croix est orné de médaillons
gravés, représentant l'Agneau pascal et divers
attributs. XIIᵉ siècle.

27 — Calice en argent doré. Le pied, à six pans, est
décoré de quatre écussons rapportés en argent
émaillé. Le nœud, de forme aplatie, est orné de
huit bossettes, contenant des lettres émaillées
sur argent. Coupe unie. Italie, XVᵉ siècle.

28 — Calice en cuivre doré. Le pied est à six lobes,
décorés d'ornements guillochés. La tige, à six
pans, est ornée d'émaux champlevés et est interrompue par un nœud sphérique, orné également de petits médaillons champlevés et émaillés.
La coupe est en argent uni. Italie, XVᵉ siècle.

ÉMAUX CHAMPLEVÉS
ET PEINTS

29 — Chasse, en forme de maison, en cuivre champlevé et émaillé. La face représente la Crucifixion ; de chaque côté sont deux anges debout.
Sur le toit, au centre, dans un médaillon, le
Christ de majesté, vu à mi-corps ; à droite et à
gauche, deux anges ailés tenant des livres.
Toutes ces figures sont gravées, avec les têtes
rapportées en relief. Le revers et les côtés sont
décorés de figures d'anges gravés dans des médaillons ; crête moderne, ajourée. Limoges,
XIIIe siècle. (L'émail de cette chasse a été très
restauré.)

30 — Chasse, en forme de maison, en cuivre champlevé et émaillé. Le devant est décoré de cabochons et de six petites figures émaillées en relief. Le revers est orné de plaques émaillées,
décorées de losanges à ornements blancs sur
fond bleu. Les plaques des côtés sont à figures
gravées et réservées sur fond d'émail gris-bleu.
Crête ajourée. Limoges, XIIIe siècle.

31 — Ciboire en cuivre champlevé et émaillé de Limoges, XIIIe siècle, avec traces de dorures.
Le corps du ciboire, surmonté d'une croix, pré-
sente, sur le couvercle, des médaillons contenant des angelots ; le dessous offre des fleurons
et le monogramme du Christ, le tout se déta-

chant sur fond bleu-lapis. Le pied est orné de quatre écussons d'armoiries, alternant avec des fleurons et sur fond bleu également.

(Collection Guilhou.)

32 — Flambeau en cuivre champlevé ét émaillé. Le pied, orné d'écussons émaillés, se compose de trois branches se repliant l'une sur l'autre. Limoges. XIIIᵉ siècle.

33 — Pixide cylindrique, à couvercle conique en émail champlevé, décor de palmettes et de rinceaux en émail bleu et gris. Limoges, XIIIᵉ siècle.

34 — Croix en cuivre champlevé et émaillé. Le corps du Christ est réservé sur fond d'émail. La tête est en relief et rapportée. Le revers est finement gravé de rinceaux. Cette croix est fixée sur un pied à base circulaire, également champlevé et émaillé. Limoges, XIIIᵉ siècle.

35 — Flambeau en cuivre champlevé et émaillé. La base circulaire est montée sur trois pieds. La tige, ronde et gravée, est interrompue par deux nœuds sphériques émaillés. Limoges, XIIIᵉ siècle.

36 — Navette à encens en cuivre champlevé et émaillé. Limoges, XIIIᵉ siècle.

37 — Grande croix processionnelle en cuivre repoussé, ornée, sur sa face, d'une figurine de Christ en bronze doré et de plaquettes en émail champlevé. Le revers est décoré de plaques en

émail champlevé, représentant les Évangélistes.
Italie, xve siècle.

38 — Cinq plaques rondes en émail peint en couleurs, représentant la Vierge et les anges. Italie, xve siècle. Cadre en cuivre gravé et doré.

(*Collection Boy.*)

39 — Plaque rectangulaire en émail peint en grisaille, représentant le Combat des Lapithes et des Centaures aux noces de Pirithoüs. Limoges, xvie siècle.

40 — Plaque rectangulaire en émail peint en couleurs, représentant Jésus au Jardin des Oliviers. Atelier de Pierre Raymond. Limoges, xvie siècle.

41 — Plaque rectangulaire en émail peint en grisaille, représentant un paysan assis sur un tertre, ayant un chien couché près de lui. Au bas la légende :

SI TV VEVX BIEN LOING VOIAGER
FAVT QVELQVE FOIS TE REPOSER.

Atelier de *J. Laudin*. Limoges, xviie siècle.

42 — Plaque rectangulaire en émail peint en grisaille, faisant pendant au numéro précédent. Le paysan est endormi et un personnage, debout près de lui, fait danser le chien. Au bas la légende :

ALLONS DANSE ROQVET ET FAIS QVELQVE GAMBADE
TANDIS QUE LE SOMMEIL RETIENT MON CAMARADE.

Atelier de *J. Laudin*. Limoges, xviie siècle.

43 — Plaque rectangulaire en émail peint en couleurs, représentant la Résurrection du Christ.
Limoges, xvie siècle.

44 — Plaque ovale en émail peint en grisaille, avec
rehauts d'or et de bleu, représentant Samson et
Dalila. Limoges, xvie siècle.

BRONZES

45 — Statuette d'Antinoüs, debout et nu, près d'un
tronc d'arbre. Bronze italien. xvie siècle.

46 — Statuette de Vénus, debout et nue, une légère
draperie voile le devant du corps. Bronze italien
du xvie siècle.

47 — Cheval nu, sans selle ni bride, et reposant sur
les pattes de derrière. Bronze italien a patine
brune. xvie siècle. Socle en marbre mouluré.

48 — Pendant au numéro précédent.

49 — Statuette de Satyre, debout. Bronze italien du
xvie siècle.

50 — Encrier, composé d'une statuette d'Atlas accroupi, supportant le monde. Deux récipients
sont disposés à ses côtés pour servir à placer
la plume et l'encre. Base hexagonale moulurée.
Italie, xvie siècle.

51 — Statuette équestre de Marc Aurèle. Italie, XVIᵉ siècle.

52 — Statuette de Vénus, debout et nue, en bronze à patine brune. Ancien travail italien. Socle en marbre rouge.

53 — Statuette de jeune enfant nu, debout sur un fleuron, et tenant une corne d'abondance. XVIIᵉ siècle.

54 — Figurine de saint personnage debout, vêtu d'un ample manteau, et tenant devant lui une petite châsse. XVIᵉ siècle.

55 — Figurine d'Atlas accroupi, provenant d'un encrier. Italie, XVIᵉ siècle.

56 — Statuette analogue.

57 — Statuette en bronze doré, représentant Hercule, debout et nu, portant la massue. Italie, XVIᵉ siècle.

58 — Statuette allégorique de jeune femme, costumée à l'antique. Italie, XVIᵉ siècle.

59 — Statuette de Bacchus, jeune, debout, le corps ceint de feuillages. Il tient un vase de la main gauche. Italie, XVIᵉ siècle.

60 — Deux groupes, représentant des amours et des dauphins. Bronzes à patine noire. Ancien travail italien.

61 — Encrier rond, supporté par trois chimères. Italie, XVI° siècle.

62 — Figurine d'Atlas, debout et nu, les bras disposés au-dessus de la tête. Italie, XVI° siècle.

63 — Statuette de Mars debout, nu et casqué, un bouclier est à ses pieds. Bronze italien de la fin du XVI° siècle. Socle en marbre griotte avec moulures en marbre blanc.

64 — Statuette de Vénus debout, la main gauche retient une draperie, la main droite est posée sur le sein droit. Bronze italien du XVI° siècle. Socle en marbre griotte, avec moulures en marbre blanc.

65 — Grosse tête de femme, d'applique en bronze fondu, peint et doré. Italie, XVII° siècle.

66 — Deux pommes d'amortissement, ornées au pourtour de masques humains.

67 — Deux petits lions rampant en bronze doré. XVI° siècle.

68 — Deux lions assis en bronze doré. XVI° siècle.

69 — Chimère en bronze doré. Pied de meuble. Italie, XVI° siècle.

70 — Deux figurines de lions rampant, en dinanderie. XVI° siècle.

71 — Deux flambeaux en dinanderie, formés chacun d'une figurine de personnage vêtu de long et tenant une clef.

72 — Petit buste d'empereur romain. Italie, xvi⁰ siècle.

73 — Buste, grandeur nature, de Vitellius. Italie,
xvi⁰ siècle.

74 — Buste, plus grand que nature, représentant
Homère. Superbe patine foncée. Italie, xvi⁰ siècle.

BOIS SCULPTÉS

75 — Petit groupe en buis, représentant une sainte
femme assise dans une stalle. xvi⁰ siècle.

76 — Groupe en bois sculpté et peint : La Vierge tenant l'Enfant Jésus. xvi⁰ siècle.

77 — Reliquaire, en forme de bras, en bois sculpté et
peint, muni d'une petite porte en cuivre ajouré
et orné de cabochons. Espagne, xv⁰ siècle.

78 — Deux figurines-appliques en bois sculpté,
peint et doré, représentant l'Annonciation. xvii⁰
siècle.

79 — Reliquaire en forme de bras, supporté par
deux figurines d'anges. Italie, xv⁰ siècle.

80 — Buste-reliquaire de jeune garçon. Bois peint
et doré. Espagne, xvi⁰ siècle.

81 — Buste de saint Sébastien en bois sculpté et
doré. Espagne, xvi⁰ siècle.

82 — Petit coffret en bois peint et orné de plaques de nacre. Italie, XVIᵉ siècle.

83 — Petit coffre en bois sculpté, posant sur quatre pieds, à décor d'arcatures et de rinceaux. Travail espagnol, XVIᵉ siècle.

SCULPTURES ET OBJETS VARIÉS

84 — Groupe en pierre sculptée : la Vierge et l'Enfant Jésus. France, XVIᵉ siècle.

85 — Groupe en pierre sculptée et polychromée : la Vierge portant l'Enfant Jésus. XVᵉ siècle.

86 — Figurine de Vierge, vêtue de long, disposée sous une niche monumentale à arcature cintrée, soutenue par des colonnettes cannelées à chapiteaux feuillagés. Italie, XVᵉ siècle.

87 — Figurine d'ange ailé, vêtu de long, disposé dans une niche monumentale à arcature cintrée et soutenue par des colonnes torses à chapiteaux feuillagés. Italie, XVᵉ siècle.

88 — Statuette en pierre, représentant saint Jean tenant l'agneau. Italie, XVIᵉ siècle.

89 — Groupe en pierre sculptée, représentant sainte Marguerite, les mains jointes, debout sur le dragon. XVIᵉ siècle.

90 — Haut relief sans fond en terre cuite polychromée : la Vierge et l'Enfant Jésus. Italie, xve siècle.

91 — Bas-relief en stuc, représentant la Vierge tenant l'Enfant Jésus. Encadrement de feuilles et de palmettes. Italie, xve siècle.

92 — Haut relief en albâtre, représentant la Crucifixion. Italie, xve siècle.

93 — Paire de flambeaux, formés de plaques et de perles d'enfilage en cristal de roche ancien, montée en argent doré.

94 — Croix en cristal de roche, montée en argent doré. Les branches de la croix simulent une baguette d'épines. Base hexagonale, supportée par des têtes de chérubins.

95 — Horloge de table, de forme carrée, à cadran gravé. xviie siècle.

96 — Horloge de table, de forme carrée, à cadran gravé orné de têtes de chérubins en bronze doré. xviie siècle.

97 — Torchère en fer forgé, reposant sur un trépied à arcatures. Espagne, xve siècle.

98 — Deux fauteuils X en bois sculpté, garnis de velours rouge. Italie, xvie siècle.

99 — Six petits fauteuils en bois sculpté, garnis d'anciennes tapisseries. Les dossiers sont ornés de compositions à petits personnages à sujets galants, et les sièges de sujets tirés des fables de La Fontaine. Époque Louis XV.

100 — Grand meuble en bois à marqueterie à fleurs et appliques de bronze doré. Le bas, surmonté de deux tiroirs, ferme à deux portes; le corps supérieur est garni de nombreux tiroirs, et la partie centrale, ouvrant à une porte, forme cabinet. XVIIe siècle.

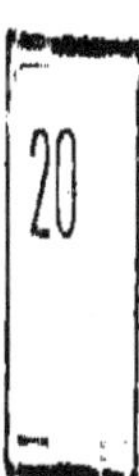

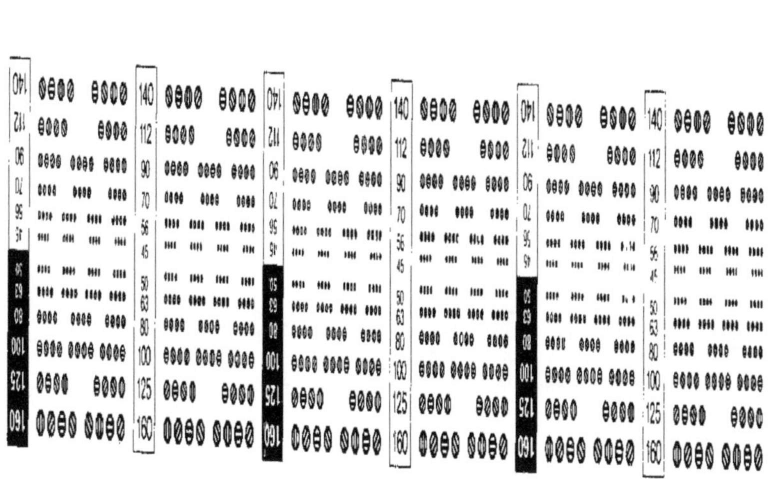

379.89.70
graphicom

MIRE ISO N° 1
NF Z 43-007
AFNOR
Cedex 7 - 92080 PARIS-LA-DÉFENSE

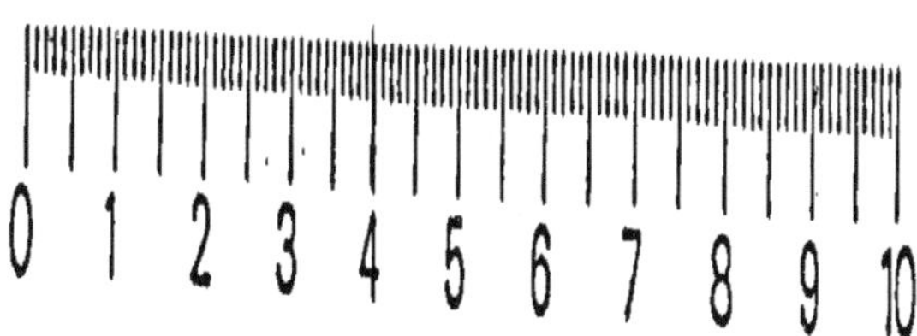

BIBLIOTHEQUE
NATIONALE
DE FRANCE

****

CHATEAU
DE
SABLE
1996

9 782329 323589